Jürg Halter

Nichts, das mich hält

Gedichte

Für Irene,

Alles Gute zum 66. Geburtstag!

Herzlich,

[Signatur]

Ammann Verlag

Luzern, 5. Nov. 2010

Autor und Verlag danken der Stadt Bern,
der Erziehungsdirektion des Kantons Bern und
SWISSLOS/Kultur Kanton Bern
für die freundliche Unterstützung dieses Buches.

Erste Auflage 2008
© 2008 by Ammann Verlag & Co., Zürich
Alle Rechte vorbehalten
www.ammann.ch
Umschlagbild: Anneka Beatty
nach einer Idee von Jürg Halter, inspiriert durch
Roman Signers Arbeit »Kugelsicherer Regenschirm«
Satz: Gaby Michel, Hamburg
Druck und Bindung: Freiburger Graphische Betriebe
ISBN 978-3-250-10601-2

Durch Dich

I

Unbedingt

Neun Millionen km² mißt die Sahara,
die größte Trockenwüste der Erde.

Durch eine nicht erwiderte Liebe
komme ich noch einmal zu Bewußtsein.

Wie im unbegrenzten Feld ein Soldat,
lange vor oder lange nach der Schlacht.

Dieses Haus hat gebrannt oder
dieses Haus wird noch brennen.

Es scheint, ich sei zur Vernunft gekommen,
um nichts mehr verstehen zu müssen.

Einen Tag weniger in dieser Wüste,
ein Tag mehr an unerfüllter Erinnerung.

So knie ich hier, sehe zu wie zwischen
meinen Fingern Sand zerrinnt.

Was ich nicht sehe, sieht niemand.
Es ist absolut – unbedingt.

Leicht werden

Kündigt sich der Winter an, kümmere dich nicht mehr
um die Leichtigkeit des Seins:
Sieh in den Himmel
und streck die Zunge raus.

Auf was wartest du noch?
Ich sage dir:
Eine Schneeflocke wiegt 0,004 Gramm,
und zu gleichen Teilen fällst du aus allen Wolken.

Das Gespräch

Vor nicht allzu langer Zeit
trafen sich Suizid und Heldentod
in einer Konkurs gegangenen Bar
zum Gespräch über den Nutzen der Sehnsucht.

Noch hatte keiner der beiden das Wort ergriffen,
da löste sich von der Decke der Kronleuchter.
Begrub die zwei Tunichtgute unter sich. –
Das Gespräch, das sie führten, hält bis heute an.

Ohne Absender, ohne Anschrift

Über einen leeren Platz trägt,
in weiten Kreisen, der Wind einen Brief,
ohne Absender, ohne Anschrift.

Ich? – Ich verhandle nicht.
Ziehe nur den Hut in die Stirn, gehe weiter.
Mein Herz, wirst du jemals ankommen?

Die Liebe gehört niemandem

Sag nicht, daß du an mich denkst, indem du mich
 vergißt.
Sag nicht, du seist da für mich, indem du es nicht bist.
Sag jetzt nichts.
Du trägst ein Gesicht, um es zu verlieren.
Was weiß ich.

Alles könnte anders sein, doch ist alles so, wie es ist.
Sag jetzt nichts.
Du bist nicht alles für mich, bist viel weniger:
Alles, was nicht mehr ist.
Und was ich bin, das bleibt zu wenig für dich.

Sag jetzt nichts. Ich wasche mein Gesicht,
sehe in den Spiegel und sage: Nichts.
Zerschlage ihn:
Die Liebe gehört niemandem.
Was weißt du, was weiß ich.

Kleine dunkle Wolke

Auf dem Parkplatz eines Supermarkts
bückt sich ein junger Mann,
seine Schuhe zuzuschnüren.

Über seinem Kopf zieht eine kleine dunkle Wolke auf.
Aus heiterem Himmel flüstert sie Unverständliches.
Der Mann steht aufrecht, zieht an einer Zigarette.

Er wartet an seinen Wagen gelehnt,
bis es Abend wird.
Der Parkplatz ist leer.
Zahllos tummeln sich im Flutlicht Insekten.

Der Mann steigt ein, setzt den Wagen in Bewegung
und steuert ihn dann
– seelenruhig –
in den nächsten Baum.

Vergleiche mich

Mit schwebendem Staub
vergleiche mich.

Durch das geöffnete Fenster
trägt der Wind mich hinaus.

Mit tanzendem, dann fallendem Laub
vergleiche mich.

Blatt um Blatt nimmt mich
die Erde in sich auf.

Mit dunklem Schieferstein
vergleiche mich.

Ich liege tief im Strom.
Dein schillerndes Unterbewußtsein.

Spiegelbild

Wenn ich die Augen schließe,
hörst du auf zu sein?

Lies mir von den Lippen.

Wenn ich lange schon schweige,
vernimmst du meine Stimme noch?

Lies zwischen meinen Zeilen.

Lausche weiter.

Doch sag mir, Spieglein an der Wand: Wie lange noch
willst du mich eigentlich beweisen?

II

Rede eines Steines an einen Menschen

Stell dir vor, der Stein, den du in der Hand hältst,
hält dich.
Stell dir vor, daß nicht du es bist,
der sich bewegt. –
Ein undenkbares Gefüge von Raum und Zeit
spielt dir vor, du seist es.
Die Wahrheit ist:
Der einzig unbewegte Punkt im Universum,
das bist du.
Alles, was ist, dreht sich nur um dich.

Ein usbekisches Gebet

Ich falle vom einen ins andre.
Ich falle und weiß nicht,
wie mir geschieht.
Ich falle – doch Flügel,
Flügel wachsen mir keine.

Ich falle und falle.
Sehe so viel –
nichts, das mich hält.

Bis ich eintauche
in die Pupille deines aufmerksam
lesenden Auges und:
durch mein Auftauchen andererseits
verwirklicht bin.

Geburt oder Tod

Eine prächtige Allee entlang
sammle ich Kastanien ein.
Springe laut lachend in die
bunten Blätterhaufen.

Das ist der Herbst, den ich mir
als Kind erträumte.

Ich nehme auf dem Dach der Garage
meiner Eltern Platz.
Schließe die Augen und
aus meinen Händen strömt das Laub...

Zur unmöglichsten Zeit
kehre ich, der Fremdgewordene, heim.

Stehe vor dem Haus und stelle mir vor,
wie ich mich in Mutters Schoß verkrieche – verschwinde.

Stelle mir vor, wie ich an der Nabelschnur ziehe,
wie so das Licht ausgeht und
ich im Dunkeln auf und
davon.

Die Grashalme richten sich auf

Dort steht der Krug, auf den du eine junge Schwalbe
im Anflug auf das Haus,
vor dem wir tagelang saßen, maltest.
Der Krug spiegelt sich im Wasser.

Der ungetrübte See, in dem wir – zwei Engel –
noch heute morgen badeten.

Unscheinbar laufen die weißen Wolken
ins große Blau über;
in der Weite deiner Augen
verliere ich mich.

Die Körper, die da im Gras liegen:
Sind es noch unsere,
oder haben wir sie schon ganz verlassen?

Vielleicht wissen die Wolken eine Antwort.
Die sind schon weitergezogen.

Und der Himmel? Was, weiß der Himmel?
Der hält sich blau bedeckt.

Und die Grashalme?
Die richten sich zagend auf.

Weltfreie Zeit

In meinen Augen liegt Schnee:
Sieh zu, daß er schmilzt.

Springe in die Pfütze zu meinen Füßen,
tauche unter, komm, schwimm her zu mir.

Ertrinkst du in meinen Augen
wie ich in deinen, bleiben wir hier unten.

Ziehen Runden mit fluoreszierenden Fischen,
verbringen unsere weltfreie Zeit.

Tauchen nicht wieder auf bis
der Frühling uns ruft;

Und wir als Seerosen
über jenem Teich dort schweben.

Neues Spiel

Hättest du nur mich verlassen
und nicht auch all die Dinge
in diesem entstellten Raum:
Den Tisch, an dem ich sitze.
Das Bild dort an der Wand.
Den Schal um meinen Hals.

Ist das ganze aber nur ein Spiel
und stehe ich hier in einer Kulisse,
um durch die schmale Ritze
einer Charlie-Chaplin-Maske,
einen stummen Monolog zu halten,

So möge der Vorhang sich jetzt schließen
und das Spiel
nach der Vorstellung
von neuem beginnen.

Hättest du nur mich verlassen,
und nicht auch diesen Tisch,
jenes Bild und
den Schal von dir, den ich
noch heute trage.

Ein amerikanischer Traum

Aus dem Chicago River steigt
ein roter Ballon – zieht ein
lachendes Kind aus dem Wasser.

An einem Hochhaus spiegeln sie sich empor
in den grauen Himmel über der Stadt.

Der Wolkenvorhang öffnet sich:
Der Ballon mit dem Kind
taucht in den blauen Himmel ein.

Der Fluß trägt einen Kinderschuh
ruhig aus der windigen Stadt.

Im zum Himmel gerichteten Blick
eines tagträumenden Passanten
schließt sich der Vorhang wieder.

Stimmen

Ich bin, was duausläßt,
was nicht geschrieben steht.

Das weiße Rauschen, das
Zwischen-den-Zeichen.

Die Stimme, die sich stumm erhebt,
liest du diese Zeilen.

Die Stimme, die du mir gibst,
wieder nimmst, wendest du die Seite.

III

Meine Liebe zu dir

Nach meinem Tod wünsche ich
wie hartes Brot
in einer Schwarz tragenden Familie
herumgereicht und
in unverblühter Erinnerung an dich
gebrochen zu werden.

Frohe Botschaft

In einem Schaufenster siehst du einen Fremden,
der dein Gesicht, deinen Hut trägt.
Du hebst den deinen, grüßt ihn freundlich.

Es ist, als ob du vor diesem Kleiderladen
das Gespräch mit dir selbst suchen würdest.
Aus dem Fenster aber tritt galant ein Fremder.

Es schneit – du siehst dich als Protagonist
einer Weihnachtsgeschichte,
die sich wie folgt weitererzählt:

Du reichst dem Fremden die Hand, zwinkerst ihm zu –
schon stehst du wieder alleine vor dem Schaufenster,
und durch den Schnee... führt keine Spur.

Rabenkind

Was würde dein Vater dazu sagen?

Er habe die Familie zu erhalten gehabt,
sich immerzu Mühe gegeben,
wenn nicht gar ganze Arbeit geleistet.

Er schuf das Familiengrab zu Lebzeiten.

Würde er heute noch unter uns sein –
deinetwegen würde er sich noch immer nicht
in einem Grab umdrehen wollen.

Du betrachtest dich in seinem Medaillon,
das um deinen Hals hängt, schließt die Augen:
Sieh besser zu, daß dir Flügel wachsen, Rabenkind.

Abgang durch die Blume

Bevor du mich verläßt, verlasse ich dich.
Dennoch, Liebste, nimm Platz,
gedeckt ist der Tisch.

Zur Hand nimm Messer und Gabel,
durch deinen blühenden Mund
wünsch ich mich zu verabschieden.

So weit wir uns voneinander
entfernt haben,
so nahe will ich dir nochmals sein.

Laß von mir keine Reste zurück.
Die Schlüssel wirf in den Briefkasten.
In deinem Magen verflüchtige ich mich.

Ungefähr 4000 Farben

Zwischen seinen Fingern
einen schwarzen Stab balancierend,
kniet er im Hinterhof vor einer Pfütze.

Der Zauberlehrling sieht hoch
zum schiefen, alten Baum,
der sich im Wasser spiegelt.

Hokuspokus, läßt er aus dessen Krone
tausend bunte Kolibris
in die grauen Lüfte steigen.

Durch die Gardinen blinzelt der Meister
zum Himmel – zählt, bedenkt, lächelt,
beugt sich wieder über seine Schriften.

Rücktritt eines Denkmals

Heute ist aber mal wieder besonders heute,
murmelt der Prophet in seinen Marmorbart,
während er feierlich vom Sockel steigt.

Die Prophezeiung

Der Fluß zu unseren Füßen
fließt durch andere Flüsse ins Meer.

So sitzen wir Hand in Hand am Ufer,
und ohne uns vergeht die Zeit.

An einem roten Faden gleiten wir
wie Tropfen hinab ins Wasser.

Der Fisch, in dessen Bauch es uns spült,
stellt sich als Buster Keaton vor.

Er trägt uns so weit, bis wir vergessen,
was uns am Ufer noch verband.

Wo bleibt der Schluckauf, der uns
aus der Ferne zurückspült?

Wo es hinführt

Wo es hinführt, an die Liebe zu glauben und an Gott
   bloß zu zweifeln,
müde zu werden vom Warten auf der hohen Kante,

Schwächer zu werden, nicht schlafen zu wollen;
Liebe ohne Gegenliebe – ein halbes Leben in Gedanken.

Der Blick aus einem an die Wand gesprühten Fenster,
ein stetes, leichtes Wippen mit dem Fuß.

Die Suche nach immer neuen Bildern für etwas,
das in Worte letztlich nicht zu fassen ist.

Was es auch sei, ich glaube, ich bin ihm auf der Spur
   und
wie Millionen andere Suchende doch sprachlos davor.

IV

Gott betrachtet seine Hand

Zwischen Zeige- und Mittelfinger, wo
das Abendland einnickt und erwacht,
leben die Menschen ängstlich
zur Selbstdarstellung verdammt.

Sie fliegen hoch und höher über den Wolken,
tauchen tief und tiefer in die Meere.
Auch sich selbst laufen sie ein Leben lang nach,
sich alle Möglichkeiten offenzuhalten.

Bis er sie doch wieder zu sich holt.
Sein Gestirn liegt in Falten.
Gott betrachtet seine Hand –
ein unruhiger Geist bewohnt sie.

Der geträumte Traum

Wer ist da am Ende des langen Tresens
endlich eingenickt?

Zwischen Ein- und Ausatmen
kann sich ein Leben ändern.

Wer geht da auf dem Balkongeländer
schlafend hin und her?

Kernfusion

Wir drehen uns im Kreis,
ich, Proton, du, Neutron.

Kommen zu keinem
gemeinsamen Stillsein.

Wenn ich über etwas schweige,
schweigst du über etwas anderes.

Wir spiegeln uns gegenseitig,
bis sich nichts mehr regt in uns.

Wer bin ich und wer bist du?
Unsere Fusion bleibt aus.

Neue Namen müssen her.
Sind nur Schall und Rauch.

Besuch im Puppenland

Da, der unbenutzte Herd, da, das alte Bad.
Hier, das Fenster, unter dem ich sage und schreibe.

Die Türe, gegen die ich mich lehnen muß,
um sie zu öffnen, das verbogene Schloß.

Das Zimmer, in dem ich aufstehe,
und das Bett, in dem ich versinke.

Da, die Münzen verstreut unter dem Stuhl,
über dessen Lehne meine Hose hängt.

Das, die Straße, der ich zum Kiosk folge.
Der Verkäufer, der fragt: Viel Arbeit? Alles gut?

Das Gefüge also, das mich hält.
Die Fäden, die ich spanne.

Die Fäden, an denen ich gehe.
Wer sie in den Händen hält, gewinnt.

Ja, es hat mich auch gefreut.
Indes, muß jetzt weitermachen.

Der Eingriff

Während ich hier sitze und was ich sehe
zu benennen versuche,
langt plötzlich eine übergroße Hand
aus dem Nichts in meinen Alltag,
um mir in eindeutigen Gesten
nahezulegen,
die Welt von Grund auf
neu verstehen zu müssen.

Stilleben

Eine Schnee-Eule und eine ausgeweidete Maus
auf einem Küchentisch.
Dazwischen ein Korb faulender Früchte.

In der Besteckschublade wühlt der Schnabel einer Elster.
Ein Eichhörnchen knackt Nüsse.
Drei Igel kugeln vor dem Backofen.

An der Wand über dem Tisch hängt ein Gewehr;
im Lauf schläft ein Nachtfalter
seinen traumlosen Schlaf.
Die Standuhr tickt: Alles ist in Ordnung.

Plötzlich öffnet jemand die Tür zur Küche.
Der Dachs zerrt den Stöpsel aus dem Abfluß,
und die Tiere ziehen, simsalabim,
zurück in den Wald.

Keine Frage

Mit einem Strohhalm verrühre ich
die Eiswürfel im Glas.

Auch heute nachmittag um halb vier
bleibt das Nichts unverändert.

Hätte das Eis ein Bewußtsein,
schmölze es wie jetzt gedankenlos dahin?

Das Glas, das Eis, der Strohhalm.

Wer verdient wen? – Keine Frage.
Der Tod scheidet alles.

Nur auf Besuch

Wir warten und liegen in unseren Graben.
Ich bin ein Meer und du bist ein Meer.

Über uns treiben die Winde hinfort
in ihren gewohnten Bahnen.

Wir liegen und erwarten die Umkehrung
des Klimas, den Anstieg der Temperaturen.

Auf daß wir verdunsten und eins werden.
Die Erde, die uns nicht zusammenführt,

Hinter uns zu lassen – auf dem langen Weg
zurück ins Zentrum der Milchstraße.

V

Der Plan vom Leben

Er steht am Fenster,
schaut über die Lichter der Stadt.

Haucht unterkühlt ans Glas und
faßt sich in den Nacken.

Endlos perlt der Champagner.

Was er nicht ausspricht:
wenn er es doch
nur anders sagen könnte.

Das Telefon klingelt.

Er antwortet und fährt mit dem Finger
die Naht seines Hemdkragens entlang.

Die Welt ist so ursprünglich!

Was er besitzt, ist
ein großer Plan,
mehr nicht.

Meditation

Über der Stadt hängt
dichter Smog,
vor Hitze flimmert's
überm Teer.

Im Straßengraben liegt
ein toter Vogel.
Gegenüber, auf einer Bank, sitzt du,
die Augen geschlossen.

Der Fahrtwind eines Lasters
wirbelt die Federn auf;
sie steigen empor,
über die Dächer hinaus.

Du siehst ihnen nach,
stellst dir vor, auch du kehrtest
nicht mehr zu dir zurück und
ziehst dich lächelnd aus.

Weltflucht

Hinter zugezogenen Gardinen,
den Rücken zur Wand,
vergräbst du dein Gesicht im Schoß.
Deine Ängste sind die Vögel,
die das Haus seit Tagen umkreisen.

Von dir weg scheint sich die Welt zu drehen.
Du denkst, da sie niemandem gehört,
hast du neben ihr und der Angst
noch die Einsamkeit
mit Milliarden anderen Sternen zu teilen.

Mein lieber Schwan

Ich gehe das Ufer eines Sees entlang.

Der Schwan, ein gekränkter,
ein zu tief gekränkter Mensch. Ich wink ihn zu mir.

Teile das Brot mit ihm.

Ich sehe zu, wie ich verschwind,
in dem, was nicht ist, nicht sein kann.

Die große Liebe ist ein müdes,
abgekämpftes Tier. – Schon wendet es sich ab.

Mein lieber Schwan, du mußt jetzt stark sein,
flüstert mir Oma vom Krankenbett ins Ohr.

Das Ende deiner Anwesenheit

Der Rauch, den du in den Raum entläßt und
das Gebet, das du dir in Erinnerung rufst.

Die Zigarette, an der du ziehst und
die Traurigkeit in deinem Blick.

Das Fenster, aus dem du siehst und
das Lächeln, das du doch zuläßt.

Das Fallen des Regens, das Fallen an sich.
Das Rieseln der Asche in deinen Schoß.

Du sitzt da, so als wartetest du auf
das Ende deiner Anwesenheit.

Leg den Mantel ab

Mit wenig Proviant
komme ich zu dir.

Folge den Linien in deiner Hand, vertrautes
unfaßbares Land.

Der Arzt sagte zu dir: Leg den Mantel ab.
Und du sagtest: Aber darunter bin ich nichts.

Doch wir liegen beieinander und
das ist doch die Gegenwart!

Solange du hier bist, folge ich dir
und weiter noch.

Ich bin nicht weniger nichts
als du es bist.

Folge den Linien in meiner Hand,
besetze Niemandsland.

Der Bahnhof

Ich bin der Bahnhof,
in dem ich einst anzukommen gedenke.

Doch kippt mich
diese Vorstellung nicht mehr aus den Gleisen.

Ich bin die Landschaft,
ebenso wie ich der Zug bin, der an ihr vorüberzieht.

Sprunghaft wie ich bin,
weiß mein Herz morgens nie, in welcher Brust es abends
zur Ruhe kommt.

Rückwärts durch die Zeit

Wer sagt denn, der Mensch könne nicht fliegen?
Wenn nur der Richtige kommen würde,
gäbe auch die Schwerkraft nach.

Stehe ich kopf,
trägt mich die Erde nicht, trage ich sie,
steht alles kopf.

Wir fliegen rückwärts durch die Zeit,
auf der Flucht vor unserer
unendlich beschränkten Phantasie.

Wie ich es auch drehe und wende,
letztlich hebt sich doch nur
ein jeder Gedanke im nächsten auf.

Was bleibt,
ist meine Rastlosigkeit –
ein unbewohntes Haus.

INHALT

I

Unbedingt   9
Leicht werden   10
Das Gespräch   11
Ohne Absender, ohne Anschrift   12
Die Liebe gehört niemandem   13
Kleine dunkle Wolke   14
Vergleiche mich   15
Spiegelbild   16

II

Rede eines Steines an einen Menschen   19
Ein usbekisches Gebet   20
Geburt oder Tod   21
Die Grashalme richten sich auf   22
Weltfreie Zeit   23
Neues Spiel   24
Ein amerikanischer Traum   25
Stimmen   26

III

Meine Liebe zu dir   29
Frohe Botschaft   30
Rabenkind   31
Abgang durch die Blume   32
Ungefähr 4000 Farben   33
Rücktritt eines Denkmals   34
Die Prophezeiung   35
Wo es hinführt   36

IV

Gott betrachtet seine Hand   39
Der geträumte Traum   40
Kernfusion   41
Besuch im Puppenland   42
Der Eingriff   43
Stilleben   44
Keine Frage   45
Nur auf Besuch   46

V

Der Plan vom Leben 49
Meditation 50
Weltflucht 51
Mein lieber Schwan 52
Das Ende deiner Anwesenheit 53
Leg den Mantel ab 54
Der Bahnhof 55
Rückwärts durch die Zeit 56

Jürg Halter
Ich habe die Welt berührt

Gedichte
96 Seiten. Gebunden
ISBN 978-3-250-10480-3

Jürg Halter hat ein Programm: »Ich kaufe mir in Japan einen Sack mit Kohle / und schreibe mir mit einem Stück Kohle einen Oberlippenbart / wie ein Haiku unter die Nase.« Jürg Halter scheint in der Tat »die Welt berührt« zu haben. Und seine Gedichte künden davon in einem ungewohnten Ton. Hier wird die Welt neu gewürfelt und arrangiert, hier wird kühn drauflos gemixt, was noch nie zuvor kombiniert wurde: Shaka Zulu und ein Berlin-Gedicht, postmoderne Avantgardereflexionen und Aromapartikel, vor allem aber die Lust am Text und am Klang der Worte. Die Kritik an den festgefahrenen Prinzipien unserer Gesellschaft (und dem Gewaltpotential der Sprache und ihrer Bilder) verdichtet sich in Halters Gedichten zu einer fiktiven Weltreise von Österreich über Spanien, Tibet, Surinam, die USA bis zur weiten Freiheit der finnischen Seen.

»Jürg Halter ist ein Mann für seltsame Kulte und für das Umbewerten von allem.« *Dominik Dusek, Tages-Anzeiger*

Ammann Verlag